503

W9-BQJ-987

TERNURA

COLECCIÓN AUSTRAL

N.º 503

GABRIELA MISTRAL

TERNURA

UNDÉCIMA EDICIÓN

*A la memoria de mi madre
y a mi hermana Emelina.*

ESPASA-CALPE, S. A.
MADRID

Ediciones especialmente autorizadas para

COLECCION AUSTRAL

Primera edición:	24 -	V	- 1945
Segunda edición:	29 -	IV	- 1945
Tercera edición:	18 -	V	- 1946
Cuarta edición:	26 -	XI	- 1949
Quinta edición:	30 -	I	- 1952
Sexta edición:	25 -	II	- 1955
Séptima edición:	2 -	II	- 1959
Octava edición:	20 -	I	- 1965
Novena edición:	19 -	IX	- 1969
Décima edición:	9 -	III	- 1979
Undécima edición:	20 -	I	- 1983

—

Depósito legal: M. 577—1983

ISBN 84—239—0503—9

Impreso en España
Printed in Spain

Acabado de imprimir el día 20 de enero de 1983

Talleres gráficos de la Editorial Espasa-Calpe, S. A.
Carretera de Irún, km. 12,200. Madrid-34

ÍNDICE

I

CANCIONES DE CUNA

Páginas

II

RONDAS

III

LA DESVARIADORA

IV

JUGARRETAS

V

CUENTA-MUNDO

VI

CASI ESCOLARES

VII

CUENTOS

I

CANCIONES DE CUNA

MECIENDO

El mar sus millares de olas
mece, divino.
Oyendo a los mares amantes,
mezo a mi niño.

El viento errabundo en la noche
mece los trigos.
Oyendo a los vientos amantes,
mezo a mi niño.

Dios Padre sus miles de mundos
mece sin ruido.
Sintiendo su mano en la sombra
mezo a mi niño.

LA TIERRA Y LA MUJER

A Amira de la Rosa.

Mientras tiene luz el mundo
y despierto está mi niño,
por encima de su cara,
todo es un hacerse guiños.

Guiños le hace alameda
con sus dedos amarillos,
y tras de ella vienen nubes
en piruetas de cabritos...

La cigarra, al mediodía,
con el frote le hace guiño,
y la maña de la brisa
guiña con su pañalito.

Al venir la noche hace
guiño socarrón el grillo,
y en saliendo las estrellas,
me le harán sus santos guiños...

Yo le digo a la otra Madre,
a la llena de caminos:
—«¡Haz que duerma tu pequeño
para que se duerma el mío!»

   Y la muy consentidora,
la rayada de caminos,
me contesta: —«Duerme al tuyo
para que se duerma el mío.»

HALLAZGO

Me encontré a este niño
cuando al campo iba:
dormido lo he hallado
en unas espigas...

O tal vez ha sido
cruzando la viña:
buscando los pámpanos
topé su mejilla...

Y por eso temo,
al quedar dormida,
se evapore como
la helada en las viñas...

ROCÍO

Ésta era una rosa
que abaja el rocío:
éste era mi pecho
con el hijo mío.

Junta sus hojitas
para sostenerlo
y esquiva los vientos
por no desprenderlo.

Porque él ha bajado
desde el cielo inmenso
será que ella tiene
su aliento suspenso.

De dicha se queda
callada, callada:
no hay rosa entre rosas
tan maravillada.

Ésta era una rosa
que abaja el rocío:
éste era mi pecho
con el hijo mío.

CORDERITO

Corderito mío,
suavidad callada:
mi pecho es tu gruta
de musgo afelpada.

Carnecita blanca,
tajada de luna:
lo he olvidado todo
por hacerme cuna.

Me olvidé del mundo
y de mí no siento
más que el pecho vivo
con que te sustento.

Yo sé de mí solo
que en mí te recuestas.
Tu fiesta, hijo mío,
apagó las fiestas.

ENCANTAMIENTO

Este niño es un encanto
parecido al fino viento:
si dormido lo amamanto,
que me bebe yo no siento.

Es más travieso que el río
y más suave que la loma:
es mejor el hijo mío
que este mundo al que se asoma.

Es más rico, más, mi niño
que la tierra y que los cielos:
en mi pecho tiene armiño
y en mi canto terciopelos...

Y es su cuerpo tan pequeño
como el grano de mi trigo;
menos pesa que su sueño;
no se ve y está conmigo.

SUAVIDADES

Cuando yo te estoy cantando,
en la Tierra acaba el mal:
todo es dulce por tus sienes:
la barranca, el espinar.

Cuando yo te estoy cantando,
se me acaba la crueldad:
suaves son, como tus párpados,
¡la leona y el chacal!

YO NO TENGO SOLEDAD

Es la noche desamparo
de las sierras hasta el mar.
Pero yo, la que te mece,
¡yo no tengo soledad!

Es el cielo desamparo
si la luna cae al mar.
Pero yo, la que te estrecha,
¡yo no tengo soledad!

Es el mundo desamparo
y la carne triste va.
Pero yo, la que te oprime,
¡yo no tengo soledad!

APEGADO A MÍ

Velloncito de mi carne,
que en mi entraña yo tejí,
velloncito friolento,
¡duérmete apegado a mí!

La perdiz duerme en el trébol
escuchándole latir:
no te turben mis alientos,
¡duérmete apegado a mí!

Hierbecita temblorosa
asombrada de vivir,
no te sueltes de mi pecho:
¡duérmete apegado a mí!

Yo que todo lo he perdido
ahora tiemblo de dormir.
No resbales de mi brazo:
¡duérmete apegado a mí!

LA NOCHE

Porque duermas, hijo mío,
el ocaso no arde más:
no hay más brillo que el rocío,
más blancura que mi faz.

Por que duermas, hijo mío,
el camino enmudeció:
nadie gime sino el río;
nada existe sino yo.

Se anegó de niebla el llano.
Se encogió el suspiro azul.
Se ha posado como mano
sobre el mundo la quietud.

Yo no sólo fui meciendo
a mi niño en mi cantar:
a la Tierra iba durmiendo
al vaivén del acunar...

ME TUVISTE

Duérmete, mi niño,
duérmete sonriendo,
que es la ronda de astros
quien te va meciendo.

Gozaste la luz
y fuiste feliz.
Todo bien tuviste
al tenerme a mí.

Duérmete, mi niño,
duérmete sonriendo,
que es la Tierra amante
quien te va meciendo.

Miraste la ardiente
rosa carmesí.
Estrechaste al mundo:
me estrechaste a mí.

Duérmete, mi niño,
duérmete sonriendo,
que es Dios en la sombra
el que va meciendo.

DORMIDA

Meciendo mi carne,
meciendo a mi hijo,
voy moliendo el mundo
con mis pulsos vivos.

El mundo, de brazos
de mujer molido,
se me va volviendo
vaho blanquecino.

El bulto del mundo,
por vigas y vidrios,
entra hasta mi cuarto,
cubre madre y niño.

Son todos los cerros
y todos los ríos,
todo lo creado,
todo lo nacido...

Yo mezo, yo mezo
y veo perdido
cuerpo que me dieron,
lleno de sentidos.

Ahora no veo
ni cuna ni niño,
y el mundo me tengo
por desvanecido...

¡Grito a Quien me ha dado
el mundo y el hijo,
y despierto entonces
de mi propio grito!

CON TAL QUE DUERMAS

La rosa colorada
cogida ayer;
el fuego y la canela
que llaman clavel;

el pan horneado
de anís con miel,
y el pez de la redoma
que la hace arder:

todito tuyo,
hijito de mujer,
con tal que quieras
dormirte de una vez.

La rosa, digo:
digo el clavel.
La fruta, digo,
y digo que la miel;

y el pez de luces
y más y más también,
¡con tal que duermas
hasta el amanecer!

ARRORÓ ELQUINO

A Isolina Barraza de Estay.

En la falda yo me tengo
una cosa de pasmar:
niña de algodón en rama,
copo de desbaratar,
cabellitos de vilanos
y bracitos sin cuajar.

Vienen gentes de Paihuano
y el «mismísimo» Coguaz [1]
por llevarse novedades
en su lengua lenguaraz.

Y no tiene todavía
la que llegan a buscar
ni bautismo que le valga
ni su nombre de vocear.

Tanta gente y caballada
en el patio y el corral
por un bulto con un llanto,
y una faja, y un puñal.

Elquinada novedosa,
resonando de metal;
que se sienten en redondo
como en era de trillar.

[1] Aldea en la Cordillera, donde termina el valle de Elqui.

Que la miren embobados,
—ojos vienen y ojos van—
y le pongan en hileras
pasas, queso, uvate [2], sal.

Y después que la respiren
y la toquen como el pan,
que se vuelvan y nos dejen
en «compaña» y soledad.

Con las lunas de milagro,
con los cerros de metal,
con las luces, y las sombras,
y las nieblas de soñar.

Me la tengo todavía
siete años de encañar.
¡Madre mía, me la tengo
de tornearla y rematar!

¡Ah!, ¡ah!, ¡ah!,
¡viejo torno de girar!
¡Siete años todavía
gira, gira y girarás!

---

[2] Dulce o confitura hecho con el hollejo de la uva.

DOS CANCIONES DEL ZODIACO

CANCIÓN DE VIRGO

Un niño tuve al pecho
como una codorniz.
Me adormecí una noche;
no supe más de mí.
Resbaló de mi brazo;
rodó, lo perdí.

Era el niño de Virgo
y del cielo feliz.
Ahora será el hijo
de Luz o Abigail.

Tenía siete cielos;
ahora sólo un país.
Servía al Dios eterno,
ahora a un Kadí.

Sed y hambres no sabía
su boca de jazmín;
ni sabía su muerte.
¡Ahora sí, ahora sí!

Lo busco caminando
del Cenit al Nadir,
y no duermo y me pesa
la noche en que dormí.

Me dieron a los Gémines;
yo no los recibí.
Pregunto, y ando, y peno
por ver mi hijo venir.

¡Ay, vuelva, suba y llegue
derechamente aquí,
o me arrojo del cielo
y lo recobro al fin!

CANCIÓN DEL TAURUS

El Toro carga al niño
al hombre y la mujer,
y el Toro carga el mundo
con tal que se lo den.

*Búscame por el cielo
y me verás pacer.*

Ahora no soy rojo
como cuando era res.
Subí de un salto al cielo
y aquí me puse a arder.

*A veces soy lechoso,
a veces color miel.*

Arden igual que llamas
mis cuernos y mi piel.
Y arde también mi ruta
hasta el amanecer.

*No duermo ni me apago
para no serte infiel.*

Estuve ya en el Arca,
y en Persia, y en Belén.
Ahora ya no puedo
morir ni envejecer.

Duérmete así lamido
por el Toro de Seth.

Dormido irás creciendo;
creciendo harás la Ley
y escogerás ser Cristo
o escogerás ser Rey.

Hijito de Dios Padre
en brazos de mujer.

CANCIÓN QUECHUA

Donde fue Tihuantisuyo,
nacían los indios.
Llegábamos a la puna
con danzas, con himnos.

Silbaban quenas, ardían
dos mil fuegos vivos.
Cantaban Coyas de oro
y Amautas benditos.

Bajaste ciego de soles,
volando dormido,
para hallar viudos los aires
de llama y de indio.

Y donde eran maizales
ver subir el trigo
y en lugar de las vicuñas
topar los novillos.

¡Regresa a tu Pachacamac,
En-Vano-Venido,
Indio loco, Indio que nace,
pájaro perdido!

NOTA.—El fondo de esta canción, su esencia, corresponde a otra, citada por los Reclus, como un texto oral de mujer quechua, en una edición de sus *Geografías* que consulté en Nueva York hace años. *(Nota para el lector peruano.)*

LA MADRE TRISTE

Duerme, duerme, dueño mío,
sin zozobra, sin temor,
aunque no se duerma mi alma,
aunque no descanse yo.

Duerme, duerme y en la noche
seas tú menos rumor
que la hoja de la hierba,
que la seda del vellón.

Duerma en ti la carne mía,
mi zozobra, mi temblor.
En ti ciérrense mis ojos:
¡duerma en ti mi corazón!

CANCIÓN AMARGA

¡Ay! ¡Juguemos, hijo mío,
a la reina con el rey!

Este verde campo es tuyo.
¿De quién más podría ser?
Las oleadas de la alfalfa
para ti se han de mecer.

Este valle es todo tuyo.
¿De quién más podría ser?
Para que los disfrutemos
los pomares se hacen miel.

(¡Ay! ¡No es cierto que tiritas
como el Niño de Belén
y que el seno de tu madre
se secó de padecer!)

El cordero está espesando
el vellón que he de tejer,
y son tuyas las majadas.
¿De quién más podrían ser?

Y la leche del establo
que en la ubre ha de correr,
y el manojo de las mieses
¿de quién más podrían ser?

(¡Ay! ¡No es cierto que tiritas
como el Niño de Belén
y que el seno de tu madre
se secó de padecer!)

—¡Sí! ¡Juguemos, hijo mío,
a la reina con el rey!

EL ESTABLO

Al llegar la medianoche
y al romper en llanto el Niño,
las cien bestias despertaron
y el establo se hizo vivo.

Y se fueron acercando,
y alargaron hasta el Niño
los cien cuellos anhelantes
como un bosque sacudido.

Bajó un buey su aliento al rostro
y se lo exhaló sin ruido,
y sus ojos fueron tiernos
como llenos de rocío.

Una oveja lo frotaba,
contra su vellón suavísimo,
y las manos le lamían,
en cuclillas, dos cabritos...

Las paredes del establo
se cubrieron sin sentirlo
de faisanes, y de ocas,
y de gallos, y de mirlos.

Los faisanes descendieron
y pasaban sobre el Niño
la gran cola de colores;
y las ocas de anchos picos,

arreglábanle las pajas;
y el enjambre de los mirlos
era un velo palpitante
sobre del recién nacido...

Y la Virgen, entre cuernos
y resuellos blanquecinos,
trastrocada iba y veía
sin poder tomar al Niño.

Y José llegaba riendo
a acudir a la sin tino.
Y era como bosque al viento
el establo conmovido...

SEMILLA

A Paula Alegría.

I

Duerme, hijito, como semilla
en el momento de sembrar,
en los días de encañadura
o en los meses de ceguedad.

Duerme, huesito de cereza,
y bocadito de chañar,
color quemado, fruto ardido
de la mejilla de Simbad.

Duerme lo mismo que la fábula
que hace reír y hace llorar.
Por menudo y friolera,
como que estás y que no estás...

II

Cuerpecito que me espejea
de cosas grandes que vendrán,
con el pecho lleno de luna
partido en tierras por arar;

con el brazo dado a los remos
de quebracho y de guayacán,

y la flecha para la Sierra
en donde cazan el faisán.

Duerme, heredero de aventuras
que se vinieron por el mar,
ahijado de antiguos viajes
de Colón y de Gengis-Kan;

heredero de adoraciones,
que al hombre queman y al copal,
y figura de Jesucristo
cuando rapartas Pez y Pan.

NIÑO RICO

A Arévalo Martínez.

Yo no despierto a mi dormido
la Noche Buena de Belén,
porque sueña con la Etiopía
desde su loma del Petén...

Me quedo sola y no despierto
al que está viendo lo que ve:
las palomas, las codornices,
el agua-rosa, el río-miel;

el amate cobija-pueblo,
la palmera mata-la-sed,
el pez-arcángel del Caribe
y su quetzal maya-quiché.

Yo no despierto a mi dormido
para dormírmelo otra vez,
arrebatarle maravilla
y no saberla devolver...

El sueño mío que rompieron,
no lo supe dormir después,
y cuando lloro todavía
lloro mi Noche de Belén.

NIÑO CHIQUITO

A Fernanda de Castro.

Absurdo de la noche,
burlador mío,
si-es no-es de este mundo,
niño dormido.

Aliento angosto y ancho
que oigo y no miro,
almeja de la noche
que llamo hijo.

Filo de lindo vuelo,
filo de silbo,
filo de larga estrella,
niño dormido.

A cada hora que duermes,
más ligerito.
Pasada medianoche,
ya apenas niño.

Espesa losa, vigas
pesadas, lino
áspero, canto duro,
sobre mi hijo.

Aire insensato, estrellas
hirvientes, río
terco, porfiado búho,
sobre mi hijo.

En la noche tan grande,
tan poco niño,
tan poca prueba y seña,
tan poco signo.

Vergüenza tánta noche
y tánto río,
y «tánta madre tuya», [1]
niño dormido...

Achicarse la Tierra
con sus caminos,
aguzarse la esfera
tocando un niño.

¡Mudársete la noche
en lo divino,
yo en urna de tu sueño,
hijo dormido!

[1] Expresión popular mexicana.

SUEÑO GRANDE

A Adela Formoso de Obregón.

A niño tan dormido
no me le recordéis.
Dormía así en mi entraña
con mucha dejadez.

Yo lo saqué del sueño
de todo su querer,
y ahora se me ha vuelto
a dormir otra vez.

La frente está parada
y las sienes también.
Los pies son dos almejas
y los costados pez.

Rocío tendrá el sueño,
que es húmeda su sien.
Tendrá música el sueño
que le da su vaivén.

Resuello se le oye
en agua de correr;
pestañas se le mueven
en hojas de maitén.

Les digo que lo dejen
con tánto y tánto bien,

hasta que se despierte
de sólo su querer...

El sueño se lo ayudan
el techo y el dintel,
la Tierra que es Cibeles,
la madre que es mujer.

A ver si yo le aprendo
dormir que ya olvidé
y se lo aprende tánta
despierta cosa infiel.

Y nos vamos durmiendo
como de su merced,
de sobras de ese sueño,
hasta el amanecer...

LA OLA DEL SUEÑO

A Queta Regules.

La marea del sueño
comienza a llegar
desde el Santo Polo
y el último mar.

Derechamente viene,
a silbo y señal;
subiendo el mundo viene
en blanco animal.

Ha pasado Taitao,
Niebla y Chañaral
a tu puerta y tu cuna
llega a acabar...

Sube del viejo Polo,
eterna y mortal.
Viene del mar Antártico
y vuelve a bajar.

La ola encopetada
se quiebra en el umbral.
Nos busca, nos halla
y cae sin hablar.

En cuanto ya te cubra
dejas de ronronear;

y llegándome al pecho,
yo dejo de cantar.

Donde la casa estuvo,
está llena no más.
Donde tú mismo estabas,
ahora ya no estás.

Está la ola del sueño,
espumajeo y sal,
y la Tierra inocente,
sin bien y sin mal.

CANCIÓN DE LA SANGRE

Duerme, mi sangre única
que así te doblaste,
vida mía, que se mece
en rama de sangre.

Musgo de los sueños míos
en que te cuajaste,
duerme así, con tus sabores
de leche y de sangre.

Hijo mío, todavía
sin piñas ni agaves,
y volteando en mi pecho
granadas de sangre,

sin sangre tuya, latiendo
de las que tomaste,
durmiendo así tan completo
de leche y de sangre.

Cristal dando unos trasluces
y luces, de sangre;
fanal que alumbra y me alumbra
con mi propia sangre.

Mi semillón soterrado
que te levantaste;
estandarte en que se para
y cae mi sangre;

camina, se aleja y vuelve
a recuperarme.
Juega con la duna, echa
sombra y es mi sangre.

¡En la noche, si me pierde,
lo trae mi sangre!
¡Y en la noche, si lo pierdo,
lo hallo por su sangre!

CANCIÓN DE PESCADORAS

Niñita de pescadores
que con viento y olas puedes,
duerme pintada de conchas,
garabateada de redes.

Duerme encima de la duna
que te alza y que te crece,
oyendo la mar-nodriza
que a más loca mejor mece.

La red me llena la falda
y no me deja tenerte,
porque si rompo los nudos
será que rompo tu suerte...

Duérmete mejor que lo hacen
las que en la cuna se mecen,
la boca llena de sal
y el sueño lleno de peces.

Dos peces en las rodillas,
uno plateado en la frente
y en el pecho, bate y bate,
otro pez incandescente...

ARRULLO PATAGÓN

A doña Graciela de Menéndez.

Nacieron esta noche
por las quebradas
liebre rojiza,
vizcacha parda.

Manar se oyen dos leches
que no manaban,
y en el aire se mueven
colas y espaldas.

¡Ay, quién saliese,
ay, quién acarreara
en brazo y brazo
la liebre, la vizcacha!

Pero es la noche
ciega y apretujada
y me pierdo por cuevas
y por aguadas.

Me quedo oyendo
las albricias que llaman:
sorpresas, miedos,
pelambres enrolladas;

sintiendo dos alientos
que no alentaban,

tanteando en agujeros
cosas trocadas.

Hasta que venga el día
que busca y halla
y quebrando los pastos
las cargue y traiga...

CANCIÓN DE LA MUERTE

La vieja Empadronadora,
la mañosa Muerte,
cuando vaya de camino,
mi niño no encuentre.

La que huele a los nacidos
y husmea su leche,
encuentre sales y harinas,
mi leche no encuentre.

La Contra-Madre del Mundo,
la Convida-gentes,
por las playas y las rutas
no halle al inocente.

El nombre de su bautismo
—la flor con que crece—,
lo olvide la memoriosa,
lo pierda, la Muerte.

De vientos, de sal y arenas,
se vuelva demente,
y trueque, la desvariada,
el Oeste, y el Este.

Niño y madre los confunda
lo mismo que peces,
y en el día y en la hora
a mí sola encuentre.

MI CANCIÓN

Mi propia canción amante
que sin brazos acunaba
una noche entera esclava
    ¡cántenme!

La que bajaba cargando
por el Ródano o el Miño,
sueño de mujer o niño
    ¡cántenme!

La canción que yo prestaba
al despierto y al dormido
ahora que me han herido
    ¡cántenme!

La canción que yo cantaba
como una suelta vertiente
y que sin bulto salvaba
    ¡cántenme!

Para que ella me levante
con brazo de Arcángel fuerte
y me alce de mi muerte
    ¡cántenme!

La canción que repetía
rindiendo a noche y a muerte
ahora porque me liberte
    ¡cántenme!

NIÑO MEXICANO

Estoy en donde no estoy,
en el Anáhuac plateado,
y en su luz como no hay otra
peino un niño de mis manos.

En mis rodillas parece
flecha caído del arco,
y como flecha lo afilo
meciéndolo y canturreando.

En luz tan vieja y tan niña
siempre me parece hallazgo,
y lo mudo y lo volteo
con el refrán que le canto.

Me miran con vida eterna
sus ojos negri-azulados,
y como en costumbre eterna,
yo lo peino en mis manos.

Resinas de pino-ocote
van de su nuca a mis brazos,
y es pesado y es ligero
de ser la flecha sin arco...

Lo alimento con un ritmo,
y él me nutre de algún bálsamo
que es el bálsamo del maya
del que a mí me despojaron.

Yo juego con sus cabellos
y los abro y los repaso,
y en sus cabellos recobro
a los mayas dispersados.

Hace doce años dejé
a mi niño mexicano;
pero despierta o dormida
yo lo peino de mis manos...

¡Es una maternidad
que no me cansa el regazo
y es un éxtasis que tengo
de la gran muerte librado!

II

RONDAS

INVITACIÓN

—¿Qué niño no quiere a la ronda
que está en las colinas venir?
Aquellos que se rezagaron
se ven por la cuesta subir.

Vinimos buscando y buscando
por viñas, majadas, pinar,
y todos se unieron cantando
y el corro hace al valle blanquear...

¿EN DÓNDE TEJEMOS LA RONDA?

¿En dónde tejemos la ronda?
¿La haremos a orillas del mar?
El mar danzará con mil olas
haciendo una trenza de azahar.

¿La haremos al pie de los montes?
El monte nos va a contestar.
¡Será cual si todas quisiesen,
las piedras del mundo, cantar!

¿La haremos, mejor, en el bosque?
La voz y la voz va a trenzar,
y cantos de niños y de aves
se irán en el viento a besar.

¡Haremos la ronda infinita!
¡La iremos al bosque a trenzar,
la haremos al pie de los montes
y en todas las playas del mar!

DAME LA MANO [1]

A Tasso de Silveira.

Dame la mano y danzaremos;
dame la mano y me amarás.
Como una sola flor seremos,
como una flor, y nada más...

El mismo verso cantaremos,
al mismo paso bailarás.
Como una espiga ondularemos,
como una espiga, y nada más.

Te llamas Rosa y yo Esperanza;
pero tu nombre olvidarás,
porque seremos una danza
en la colina, y nada más...

---

[1] Mi compañero el poeta Tasso de Silveira, me salvó una estrofa perdida de esta Ronda, la única que tal vez importaba cuidar, y que había sido suprimida por editor o tipógrafo...

LA MARGARITA

A Marta Samatán.

El cielo de diciembre es puro
y la fuente mana, divina,
y la hierba llamó temblando
a hacer la ronda en la colina.

Las madres miran desde el valle,
y sobre la alta hierba fina
ven una inmensa margarita,
que es nuestra ronda en la colina.

Ven una loca margarita
que se levanta y que se inclina,
que se desata y que se anuda,
y que es la ronda en la colina.

En este día abrió una rosa
y perfumó la clavelina,
nació en el valle un corderillo
e hicimos ronda en la colina...

TIERRA CHILENA

Danzamos en tierra chilena,
más bella que Lía y Raquel;
la tierra que amasa a los hombres
de labios y pecho sin hiel...

La tierra más verde de huertos,
la tierra más rubia de mies,
la tierra más roja de viñas,
¡qué dulce que roza los pies!

Su polvo hizo nuestras mejillas,
su río hizo nuestro reír,
y besa los pies de la ronda
que la hace cual madre gemir.

Es bella, y por bella queremos
sus pastos de rondas albear;
es libre y por libre deseamos
su rostro de cantos bañar...

Mañana abriremos sus rocas,
la haremos viñedo y pomar;
mañana alzaremos sus pueblos;
¡hoy sólo queremos danzar!

RONDA DE LOS COLORES

Azul loco y verde loco
del lino en rama y en flor.
Mareando las oleadas
baila el lindo azuleador.

Cuando el azul se deshoja,
sigue el verde danzador:
verde-trébol, verde-oliva
y el gayo verde-limón.

¡Vaya hermosura!
¡Vaya el Color!

Rojo manso y rojo bravo
—rosa y clavel reventón—.
Cuando los verdes se rinden,
él salta como un campeón.

Bailan uno tras el otro,
no se sabe cuál mejor,
y los rojos bailan tanto
que se queman en su ardor.

¡Vaya locura!
¡Vaya el Color!

El amarillo se viene
grande y lleno de fervor
y le abren paso todos
como viendo a Agamenón.

A lo humano y lo divino
baila el santo resplandor:
aromos gajos dorados
y él azafrán volador.

¡Vaya delirio!
¡Vaya el Color!

Y por fin se van siguiendo
al pavo-real del sol,
que los recoge y los lleva
como un padre o un ladrón.

Mano a mano con nosotros
todos eran, ya no son:
¡El cuento del mundo muere
al morir el Contador!

RONDA DEL ARCO-IRIS

A Fryda Schulz de Mantovani.

La mitad de la ronda
estaba y no está.
La ronda fue cortada
mitad a mitad.

Paren y esperen
a lo que ocurrirá.
¡La mitad de la rueda
se echó a volar!

¡Qué colores divinos
se vienen y se van!
¡Qué faldas en el viento
qué lindo revolar!

Está de cerro a cerro
baila que bailarás.
Será jugada o trueque,
o que no vuelva más.

Mirando hacia lo alto
todas ahora están,
una mitad llorando,
riendo otra mitad.

¡Ay, mitad de la rueda,
ay, bajad y bajad!
O nos lleváis a todas
si acaso no bajáis.

LOS QUE NO DANZAN

Una niña que es inválida
dijo: —«¿Cómo danzo yo?»
Le dijimos que pusiera
a danzar su corazón...

Luego dijo la quebrada:
—«¿Cómo cantaría yo?»
Le dijimos que pusiera
a cantar su corazón...

Dijo el pobre cardo muerto:
—«¿Cómo danzaría yo?»
Le dijimos: —«Pon al viento
a volar tu corazon...»

Dijo Dios desde la altura:
—«¿Cómo bajo del azul?»
Le dijimos que bajara
a danzarnos en la luz.

Todo el valle está danzando
en un corro bajo el sol.
A quien falte se le vuelve
de ceniza el corazón...

RONDA DE LA PAZ

A don Enrique Molina.

Las madres, contando batallas,
sentadas están al umbral.
Los niños se fueron al campo
la piña de pino a cortar.

Se han puesto a jugar a los ecos
al pie de su cerro alemán.
Los niños de Francia responden
sin rostro en el viento del mar.

Refrán y palabra no entienden,
mas luego se van a encontrar,
y cuando a los ojos se miren
el verse será adivinar.

Ahora en el mundo el suspiro
y el soplo se alcanza a escuhar
y a cada refrán las dos rondas
ya van acercándose más.

Las madres, subiendo la ruta
de olores que lleva al pinar,
llegando a la rueda se vieron
cogidas del viento volar...

Los hombres salieron por ellas
y viendo la tierra girar
y oyendo cantar a los montes,
al ruedo del mundo se dan.

JESÚS

A la maestra Yandyra Pereyra.

Haciendo la ronda
se nos fue la tarde.
El sol ha caído:
la montaña no arde.

Pero la ronda seguirá
aunque en el cielo el sol no está.

Danzando, danzando,
la viviente fronda
no lo oyó venir
y entrar en la ronda.

Ha abierto el corro, sin rumor,
y al centro está hecho resplandor.

Callando va el canto,
callando de asombro.
Se oprimen las manos,
se oprimen temblando.

Y giramos alrededor
y sin romper el resplandor...

Ya es silencio el corro,
ya ninguno canta:

se oye el corazón
en vez de garganta.

¡Y mirando Su rostro arder,
nos va a hallar el amanecer!

RONDA DE LA CEIBA ECUATORIANA

A la maestra Emma Ortiz.

¡En el mundo está la luz,
y en la luz está la ceiba,
y en la ceiba está la verde
llamarada de la América!

¡Ea, ceiba, ea, ea!

Árbol-ceiba no ha nacido
y la damos por eterna,
indios quitos no la plantan
y los ríos no la riegan.

Tuerce y tuerce contra el cielo
veinte cobras verdaderas,
y al pasar por ella el viento
canta toda como Débora.

¡Ea, ceiba, ea, ea!

No la alcanzan los ganados
ni le llega la saeta.
Miedo de ella tiene el hacha
y las llamas no la queman.

En sus gajos, de repente,
se arrebata y se ensangrienta
y después su santa leche
cae en cuajos y guedejas.

¡Ea, ceiba, ea, ea!

A su sombra de giganta
bailan todas las doncellas,
y sus madres que están muertas
bajan a bailar con ellas.

¡Ea, ceiba, ea, ea!

Damos una y otra mano
a las vivas y a las muertas,
y giramos y giramos
las mujeres y las ceibas...

*¡En el mundo está la luz,
y en la luz está la ceiba,
y en la ceiba está la verde
llamarada de la Tierra!*

RONDA DE LOS METALES

A Martha A. Salotti.

Del centro de la Tierra,
oyendo la señal,
los Lázaros metales
subimos a danzar.

Estábamos dormidos
y costó despertar
cuando el Señor y Dueño
llamó a su mineral.

¡Halá!, ¡halá!
¡el Lázaro metal!

Veloz o lento bailan
los osos del metal:
el negro topa al rojo,
el blanco al azafrán.

¡Va —viene y va—
el Lázaro metal!

El cobre es arrebato,
la plata es maternal,
los hierros son Pelayos,
el oro, Abderrahmán.

Baila con llamaradas
la gente mineral:

Van y vienen relámpagos
como en la tempestad.

La ronda asusta a ratos
del resplandor que da,
y silva la Anaconda
en plata y en timbal.

¡Halá!, ¡halá!
¡el Lázaro metal!

En las pausas del baile
quedamos a escuhar
—niños recién nacidos—
el tumbo de la mar.

Vengan los otros Lázaros
hacia su libertad;
salten las boca-minas
y lleguen a danzar.

¡Ya sube, ya,
el Lázaro metal!

Cuando relumbre toda
la cancha del metal,
la Tierra vuelta llama
¡qué linda va a volar!

Y va a subir los cielos,
en paloma pascual,
como era cuando era
en flor la Eternidad.

¡Halalalá!,
¡el Lázaro metal!

RONDA DE SEGADORES

A Marcos F. Ayerza.

Columpiamos el santo
perfil del pan,
voleando la espiga
de Canaán.

Los brazos segadores
se vienen y se van.
La tierra de Argentina
tiembla de pan.

A pan segado huele
el pecho del jayán,
a pan su padrenuestro,
su sangre a pan.

Alcanza a la cintura
el trigo capitán.
Los brazos segadores
los lame el pan.

El silbo de las hoces
es único refrán,
y el fuego de las hoces
no quema al pan.

Matamos a la muerte
que baja en gavilán,
braceando y cantando
la ola del pan.

TODO ES RONDA

Los astros son rondas de niños,
jugando la tierra a espiar...
Los trigos son talles de niñas
jugando a ondular..., a ondular...

Los ríos son rondas de niños
jugando a encontrarse en el mar...
Las olas son rondas de niñas
jugando la Tierra a abrazar...

EL CORRO LUMINOSO

Corro de las niñas,
corro de mil niñas
a mi alrededor:
¡oh, Dios, yo soy dueña
de este resplandor!

En la tierra yerma,
sobre aquel desierto
mordido de sol,
¡mi corro de niñas
como inmensa flor!

En el llano verde,
al pie de los montes
que hería la voz,
¡el corro era un solo
divino temblor!

En la estepa inmensa,
en la estepa yerta
de desolación,
¡mi corro de niñas
ardiendo de amor!

En vano quisieron
quebrarme la estrofa
con tribulación:
¡el corro la canta
debajo de Dios!

III

LA DESVARIADORA

LA MADRE-NIÑA

A Carlos A. Préndez.

Los que pasan
igual que ayer,
ven el patio
con el maitén; [1]
miran la parra
moscatel
¡y a mi niño
no ven, no ven!

Tanto se apega
a la mujer,
aparragado
como el llantén, [2]
sin grito y llanto
que hagan volver
a los arrieros
de Illapel.

[1] Árbol coposo de Chile.
[2] Planta menuda y chata común en Chile.

Salgo al camino
de una vez,
loca perdida
de mujer,

y lo voceo
como agua o miel,
y lo voleo
como a la mies.
¡Y al aire vuela
mi laurel!

Bajan y bajan
en tropel,
a ver redoma
con su pez
y medallita
de revés:
niña de trenzas
ya mujer.
Tiran pañales
para entender.
¡Y al hijo mío
al fin lo ven!

QUE NO CREZCA

Que el niño mío
así se me queda.
No mamó mi leche
para que creciera.
Un niño no es el roble,
y no es la ceiba.
Los álamos, los pastos,
los otros, crezcan:
en malvavisco
mi niño se queda.

Ya no le falta nada:
risa, maña, cejas,
aire y donaire.
Sobra que crezca.

Si crece, lo ven todos
y le hacen señas.
O me lo envalentonan
mujeres necias
o tantos mocetones
que a casa llegan:
¡que mi niño no mire
monstruos de leguas!

Los cinco veranos
que tiene tenga.
Así como está
baila y galanea.

En talla de una vara
caben sus fiestas,
todas sus Pascuas
Y Noches-Buenas.

Mujeres locas
no griten y sepan:
Nacen y no crecen
el Sol y las piedras,
nunca maduran
y quedan eternas.
En la majada
cabritos y ovejas,
maduran y se mueren:
¡malhaya ellas!

¡Dios mío, páralo!
¡Que ya no crezca!
Páralo y sálvalo:
¡mi hijo no se me muera!

ENCARGOS

A Amalia Castillo Ledón.

Le he rogado al almud de trigo
guarde la harina sin agriura,
y a los vinos que, cuando beba,
no me le hagan sollamadura.
Y vino y trigo que me oían
se movieron como quien jura...

Grité en la peña al oso negro,
al que llamamos sin fortuna,
que, si sube despeñadero,
no me lo como bestia alguna.
Y el oso negro prometía
con su lomo sin sol ni luna...

Tengo dicho a la oreja crespa
de la cicuta, que es impura,
que si la muerde, no lo mate,
aunque su flor esté madura.
Y la cicuta, comprendiendo,
se movía, jura que jura...

Y mandado le tengo al río,
que es agua mala, de conjura,
que le conozca y no le ahogue,
cuando le cruce embocadura.
Y en ademán de espuma viva,
el río malo me lo jura...

Ando en el trance de mostrarlo
a las cosas, una por una,
y las mujeres se me ríen
del sacar niño de la cuna,
aunque viven a lluvia y aire
la granada con la aceituna.

Cuando ya estamos de regreso
a la casa de nuez oscura,
yo me pongo a rezar el mundo,
como quien punza y lo apresura,
¡para que el mundo, como madre,
sea loco de mi locura
y tome en brazos y levante
al niñito de mi cintura!

MIEDO

Yo no quiero que a mi niña
golondrina me la vuelvan;
se hunde volando en el Cielo
y no baja hasta mi estera;
en el alero hace nido
y mis manos no la peinan.
Yo no quiero que a mi niña
golondrina me la vuelvan.

Yo no quiero que a mi niña
la vayan a hacer princesa.
Con zapatitos de oro
¿cómo juega en las praderas?
Y cuando llegue la noche
a mi lado no se acuesta...
Yo no quiero que a mi niña
la vayan a hacer princesa.

Y menos quiero que un día
me la vayan a hacer reina.
La subirían al trono
a donde mis pies no llegan.
Cuando viniese la noche
yo no podría mecerla...
¡Yo no quiero que a mi niña
me la vayan a hacer reina!

DEVUELTO

A la cara de mi hijo
que duerme, bajan
arenas de las dunas,
flor de la caña
y la espuma que vuela
de la cascada...

Y es sueño nada más
cuanto le baja;
sueño cae a su boca,
sueño a su espalda
y me roban su cuerpo
junto con su alma.

Y así lo van cubriendo
con tanta maña,
que en la noche no tengo
hijo ni nada,
madre ciega de sombra,
madre robada.

Hasta que el sol bendito
al fin lo baña:
me lo devuelve en la linda
fruta mondada
¡y me lo pone entero
sobre la falda!

LA NUEZ VANA

I

La nuez abolladita
con la que juegas,
caída del nogal
no vio la Tierra.

La recogí del pasto,
no supo quién yo era.
Tirada al cielo,
no lo vio la ciega.
Con ella cogida
yo bailé en la era
y no oyó, la sorda,
correr a las yeguas...

Tú no la voltees.
su noche la duerma.
La partirás llegando
la Primavera.
El mundo de Dios
de golpe le entregas
y le gritas su nombre
y el de la Tierra.

II

Pero él la partió
sin más espera

y vio caer el polvo
de la nuez huera;
se le llenó la mano
de muerte negra,
y la lloró y lloró
la noche entera...

III

Vamos a sepultarla
bajo unas hierbas,
antes de que se venga
la Primavera.
No sea que Dios vivo
en pasando la vea
y toque con sus manos
la muerte en la Tierra.

BENDICIONES [1]

A Carmen Valle.

I

Bendita mi lengua sea
y mi pecho y mi respiro
y benditas mis potencias
para bendecir al hijo.

Benditos tus cinco siervos
que llamas cinco sentidos,
tu cabeza con bautismo
y tus hombros con rocío.

Benditos tus alimentos
en su imagen y en su signo
y en tu mano den las frutas
luz y trasluces divinos.

Bendito cojas el bulto
del timón o del martillo
o muelas metales, o hagas
el rosto de Jesucristo.

Bendito te huela el tigre
y te conozca bendito
y el zorro belfos helados
no te ronde los cortijos.

[1] «Día de las madres» en Brasil.

Bendita sea tu fuerza
cuando majes al destino,
y te aúpe en la derrota,
y devuelva lo perdido.

Bendito de Dios galopes;
el mar navegues bendito.
Bendito vayas y vuelvas.
Nunca te traigan herido.

Bendito entres por las casas,
alzada de árbol florido,
y Raquel te sepa suyo,
y arribado sin caminos.

Bendito vayas de muerto
como el pez de tres abismos,
repechando las cascadas
de Padre, de Hijo y Espíritu.

II

Bendita seas andando
por la tierra sembradía
que se vuelve con los surcos
para decirte bendita.

Los pájaros que te cruzan
como al Ángel y a Tobías
le dejen caer su gracia
a la madre que camina.

Bendita te cante el viento
en las cañas y en las quilas
y la ráfaga, zumbando,
quiebro a quiebro te bendiga.

Las bestias en torno tuyo
hagan una rueda viva
y por bendita te lleven
hasta la puerta sus crías.

Entres bendita al establo
a lavar a las novillas:
belfos y hálitos parados
te topen como neblinas.

Pan sollamado que partas
en su tajo te sonría:
Enderezada en las palmas
se te embelese la miga.

El algodón de la zafra
cuando lo tronchas no gima;
majado de los telares
se vuelva a ti todavía.

Oigas el hacha del hijo
abriendo la selva viva,
y el pecho del hijo te oiga
como una concha escondida.

Con dos edades te vean
las gentes el mismo día;
el mozo te llame «madre»
y un viejo te diga «niña».

Cuando se venza tu carne,
te conozcan la fatiga;
te vean menguar la sombra,
te den por luna cumplida.

Baje entonces a tu seña
el Halcón de Halconería
y arrebatada te lleve
a espirales de alegría...

LA CAJITA DE OLINALÁ [1]

A Ema y Daniel Cossio.

I

Cajita mía
de Olinalá,
palo-rosa,
jacarandá.

Cuando la abro
de golpe da
su olor de Reina
de Sabá.

¡Ay, bocanada
tropical:
clavo, caoba
y el copal!

La pongo aquí,
la dejo allá;
por corredores
viene y va.

Hierve de grecas
como un país:

[1] Cajitas de Olinalá (México) coloreadas y decoradas, hechas en madera de olor.

nopal, venado,
codorniz.

Los volcanes
de gran cerviz
y el indio aéreo
como el maíz.

Así la pintan,
así, así,
dedos de indio
o colibrí;

y así la hace
de cabal
mano azteca,
mano quetzal.

II

Cuando la noche
va a llegar,
porque me guarde
de su mal,

me la pongo
de cabezal
donde otros ponen
su metal.

Lindos sueños
hace soñar;
hace reír,
hace llorar...

Mano a mano
se pasa el mar,
sierras mellizas [1]
campos de arar.

Se ve al Anáhuac
rebrillar
la bestia-Ajusco [2]
que va a saltar,

y por el rumbo
que lleva al mar
a Quetzalcoalt
se va a alcanzar.

Ella es mi hálito
yo su andar,
ella saber,
yo desvariar.

Y paramos
como el maná
donde el camino
se sobra ya,

donde nos grita
un ¡halalá!
el mujerío
de Olinalá.

[1] Sierra Madre Oriental y Sierra Madre Occidental.
[2] El cerro Ajusco, que domina la capital.

IV

JUGARRETAS

LA PAJITA

Esta que era una niña de cera;
pero no era una niña de cera,
era una gavilla parada en la era.
Pero no era una gavilla
sino la flor tiesa de la maravilla. [1]
Tampoco era la flor sino que era
un rayito de sol pegado a la vidriera.
No era un rayito de sol siquiera:
una pajita dentro de mis ojitos era.

¡Alléguense a mirar cómo he perdido entera,
en este lagrimón, mi fiesta verdadera!

---

[1] En Chile llamamos «flor de la maravilla» al girasol.

LA MANCA

Que mi dedito lo cogió una almeja,
y que la almeja se cayó en la arena,
y que la arena se la tragó el mar.
Y que del mar la pescó un ballenero
y el ballenero llegó a Gibraltar;
y que en Gibraltar cantan pescadores:
—«Novedad de tierra sacamos del mar,
novedad de un dedito de niña.
¡La que esté manca lo venga a buscar!»

Que me den un barco para ir a traerlo,
y para el barco me den capitán,
para el capitán que me den soldada,
y que por soldada pide la ciudad:
Marsella con torres y plazas y barcos
de todo el mundo la mejor ciudad,
que no será hermosa con una niñita
a la que robó su dedito el mar,
y los balleneros en pregones cantan
y están esperando sobre Gibraltar...

LA RATA

Una rata corrió a un venado
y los venados al jaguar,
y los jaguares a los búfalos,
y los búfalos a la mar...

¡Pillen, pillen a los que se van!
¡Pillen a la rata, pillen al venado,
pillen a los búfalos y a la mar!

Miren que la rata de la delantera
se lleva en las patas lana de bordar,
y con la lana bordo mi vestido
y con el vestido me voy a casar.

Suban y pasen la llanada,
corran sin aliento, sigan sin parar,
vuelen por la novia, y por el cortejo,
y por la carroza y el velo nupcial.

EL PAPAGAYO

El papagayo verde y amarillo,
el papagayo verde y azafrán,
me dijo «fea» con su habla gangosa
y con su pico que es de Satanás.

Yo no soy fea, que si fuese fea,
fea es mi madre parecida al sol,
fea la luz en que mira mi madre
y feo el viento en que pone su voz,
y fea el agua en que cae su cuerpo
y feo el mundo y El que lo crió...

El papagayo verde y amarillo
el papagayo verde y tornasol,
me dijo «fea» porque no ha comido
y el pan con vino se lo llevo yo,
que ya me voy cansando de mirarlo
siempre colgado y siempre tornasol...

EL PAVO REAL

Que sopló el viento y se llevó las nubes
y que en las nubes iba un pavo real,
que el pavo real era para mi mano
y que la mano se me va a secar,
y que la mano la di esta mañana
al rey que vino para desposar.

¡Ay que el cielo, ay que el viento, y la nube
que se van con el pavo real!

V

CUENTA-MUNDO

LA CUENTA-MUNDO

Niño pequeño, aparecido,
que no viniste y que llegaste,
te contaré lo que tenemos
y tomarás de nuestra parte.

EL AIRE

Esto que pasa y que se queda,
esto es el Aire, esto es el Aire,
y sin boca que tú le veas
te toma y besa, padre amante.
¡Ay, le rompemos sin romperle;
herido vuela sin quejarse,
y parece que a todos lleva
y a todos deja, por bueno, el Aire...

LA LUZ

Por los aires anda la Luz
que para verte, hijo, me vale.
Si no estuviese, todas las cosas
que te aman no te mirasen;
en la noche te buscarían,
todas gimiendo y sin hallarte.

Ella se cambia, ella se trueca
y nunca es cosa de saciarse.
Amar el mundo nos creemos,
pero amamos la Luz que cae.

La Bendita, cuando nacías,
tomó tu cuerpo para llevarte.
Cuando yo muera y que te deje,
¡síguela, hijo, como a tu madre!

EL AGUA

¡Niñito mío, qué susto tienes
con el Agua adonde te traje,
y todo el susto por el gozo
de la cascada que se reparte!
Cae y cae como mujer,
ciega en espuma de pañales.
Ésta es el Agua, ésta es el Agua,
santa que vino de pasaje.
Corriendo va con cuerpo bajo,
y con espumas de señales.
En momentos ella se acerca
y en momentos queda distante.
Y pasando se lleva el campo
y lleva al niño con su madre...

¡Beben del Agua dos orillas,
bebe la Sed de sorbos grandes,
beben ganados y yuntadas,
y no se acaba, el Agua Amante!

EL ARCO-IRIS

El puente del Arco-Iris
se endereza y te hace señas,
el carro de siete colores
que las almas acarrea
y que las sube, una a una,
por las astas de la sierra...

Estaba sumido el puente
y asoma para que vuelvas.
Te da el lomo, te da la mano,
como los puentes de cuerda,
y tú le bates los brazos
igual que peces en fiesta...

¡Ay, no mires lo que miras,
porque de golpe te acuerdas
y cogiéndote del Arco
—sauce que no se quiebra—
te vas a ir por el verde,
el amarillo, el violeta...

Ya mamaste nuestra leche,
niño de María y Eva;
juegas con la verdolaga
delante de nuestras puertas;
entraste en casa de hombres
y pides pan en mi lengua.

¡Vuélvele la cara al Puente;
deja que se rompa, deja,
que si subes me voy como loca,
y te sigo la Tierra entera!

MARIPOSAS

A don Eduardo Santos.

Al Valle que llaman de Muzo [1],
que lo llamen Valle de Bodas.
Mariposas anchas y azules
vuelan, hijo, la tierra toda.
Azulea tendido el Valle,
en una siesta que está loca
de colinas y de palmeras
que van huyendo luminosas.
El Valle que te voy contando
como el cardo azul se deshoja,
y en mariposas aventadas
se despoja y no se despoja...

En tanto azul, apenas ven
naranjas y piñas las mozas,
y se abandonan, mareadas,
al columpio de mariposas.
Las yuntas pasan aventando
con el yugo, llamas redondas,
y las gentes al encontrarse
se ven ligeras y azulosas
y se abrazan alborotadas
de ser ellas y de ser otras...

---

[1] El valle de Muzo, en Colombia, es el de las esmeraldas y las mariposas, y lo llaman un «fenómeno de color»...

El agrio sol, quémalo-todo,
quema suelos, no Mariposas.
Salen los hombres a cazarlas,
cogen en redes la luz rota,
y de las redes azogadas
van sacando manos gloriosas.

Parece fábula que cuento
y que de ella arda mi boca;
pero el milagro se repite
donde al aire llaman Colombia.
Cuéntalo y cuéntalo me embriago.
Veo azules, hijo, tus ropas,
azul mi aliento, azul mi falda,
y ya no veo más otra cosa...

ANIMALES

Las bestiecitas te rodean
y te balan olfateándote.
De otra tierra y otro reino
llegarían los Animales
que parecen niños perdidos,
niños oscuros que cruzasen.
En sus copos de lana y crines,
o en sus careyes relumbrantes,
los cobrizos y los jaspeados
bajan el mundo a pinturcarte.
¡Niño del Arca, jueguen contigo,
y hagan su ronda, los Animales!

FRUTA

En el pasto blanco de sol,
suelto la fruta derramada.

De los Brasiles viene el oro,
en prietos mimbres donde canta:
de los Brasiles, niño mío,
mandan la siesta arracimada.
Extiendo el rollo de la gloria;
rueda el color con la fragancia.

Gateando sigues las frutas,
como niñas que se desbandan,
y son los nísperos fundidos
y las duras piñas tatuadas...

Y todo huele a los Brasiles,
pecho del mundo que lo amamanta,
que, a no tener el agua atlántica,
rebosaría de su falda...

Tócalas, bésalas, voltéalas
y les aprendes todas sus caras.
Soñarás, hijo, que tu madre
tiene facciones abrasadas,
que es la noche canasto negro
y que es frutal la Vía Láctea...

LA PIÑA

Allega y no tengas miedo
de la piña con espadas...
Por vivir en el plantío
su madre la crió armada...

Suena el cuchillo cortando
la amazona degollada
que pierde todo el poder
en el manojo de dagas.

En el plato va cayendo
todo el ruedo de su falda,
falda de tafeta de oro,
cola de reina de Saba.

Cruje en tus dientes molida
la pobre reina mascada
y el jugo corre mis brazos
y la cuchilla de plata...

LA FRESA

La fresa desperdigada
en el tendal de las hojas,
huele antes de cogida;
antes de vista se sonroja...
La fresa, sin ave picada,
que el rocío del cielo moja.

No magulles a la tierna,
no aprietes a la olorosa.
Por el amor de ella abájate,
huélela y dale la boca.

MONTAÑA

Hijo mío, tú subirás
con el ganado la Montaña.
Pero mientras yo te arrebato
y te llevo sobre mi espalda.

Apuñada y negra la vemos,
como mujer enfurruñada.
Vive sola de todo tiempo,
pero nos ama, la Montaña,
y hace señales de subir
tirando gestos con que llama...

Trepamos, hijo, los faldeos,
llenos de robles y de hayas.
Arremolina el viento hierbas
y balancea la Montaña,
y van los brazos de tu madre
abriendo moños que son zarzas...

Mirando al llano, que está ciego,
ya no vemos río ni casa.
Pero tu madre sabe subir,
perder la Tierra, y volver salva.

Pasan las nieblas en trapos rotos;
se borra el mundo cuando pasan.
Subimos tanto que ya no quieres
seguir y todo te sobresalta.
Pero del alto Pico del Toro,
nadie desciende a la llanada.

El sol, lo mismo que el faisán,
de una vez salta la Montaña,
y de una vez baña de oro
a la Tierra que era fantasma,
¡y la enseña gajo por gajo
en redonda fruta mondada!

ALONDRAS

Bajaron a mancha de trigo,
y al acercarnos, voló la banda,
y la alameda se quedó
del azoro como rasgada.

En matorrales parecen fuego;
cuando suben, plata lanzada,
y pasan antes de que pasen,
y te rebanan la alabanza.

Saben no más los pobres ojos
que pasó toda la bandada,
y gritando llaman «¡alondras!»
a lo que sube, se pierde y canta.

Y en este aire malherido
nos han dejado llenos de ansia,
con el asombro y el temblor
a mitad del cuerpo y el alma...

¡Alondras, hijo, nos cruzamos
las alondras, por la llanada!

TRIGO ARGENTINO

El pan está sobre el campo,
como grandes ropas, hijo,
azorado de abundancia,
de dichoso, sin sentido...

Parece el manto de David
o las velas de Carlos Quinto,
parece las Once Mil Vírgenes
que caminasen, hijo mío.

Nos atarantan, nos atajan,
nos enredan los tobillos
los locos perros dorados,
la traílla furiosa del trigo.

Nos dejamos envolver
por el ímpetu vencidos.
¡Todos los hombres del llano
en espigas han caído
batidos y rasguñados,
ciegos de crines y brillos!...

En cuanto la espiga dobla
su cogollo desfallecido;
en cuanto cuaja la harina,
calla-callando, hijo mío,
antes de que toque el suelo
y coma barro sombrío,

y vaya a ser magullado
el cuerpo de Jesucristo,
se levantan a segar
los brazos santafesinos.

El trigo mejor que ámbares
y que brazada de lino,
no ha de quedar en el surco,
lleno de noche y de olvido,
por ser la espalda doblada
del amor de Jesucristo.

En el llano, corta y corta,
lo están levantando en vilo;
en el carro de su suerte
ahora lo suben en vilo;
y nosotros lo alzaremos
así en el pan, así en vilo.

PINAR

Vamos cruzando ahora el bosque
y por tu cara pasan árboles,
y yo me paro y yo te ofrezco;
pero no pueden abajarse.
La noche tiende las criaturas,
menos los pinos, que son constantes,
viejos heridos mana que mana
gomas santas, tarde a la tarde.
Si ellos pudieran te cogerían,
para llevarte de valle en valle,
y pasarías de brazo en brazo,
corriendo, hijo, de padre en padre...

CARRO DEL CIELO

Echa atrás la cara, hijo,
y recibe las estrellas.
A la primera mirada,
todas te punzan y hielan,
y después el cielo mece
como cuna que balancean,
y tú te das perdidamente
como cosa que llevan y llevan...

Dios baja para tomarnos
en su viva polvareda;
cae en el cielo estrellado
como una cascada suelta.
Baja, baja en el Carro del Cielo;
va a llegar y nunca llega...

Él viene incesantemente
y a media marcha se refrena,
por amor y miedo de amor
de que nos rompe o que nos ciega.
Mientras viene somos felices
y lloramos cuando se aleja.

Y un día el carro no para,
ya desciende, ya se acerca,
y sientes que toca tu pecho
la rueda viva, la rueda fresca.
Entonces, sube sin miedo
de un solo salto a la rueda,
¡cantando y llorando del gozo
con que te toma y que te lleva!

FUEGO

Como la noche ya se vino
y con su raya va a borrarte,
vamos a casa por el camino
de los ganados y del Arcángel.
Ya encendieron en casa el Fuego
que en espinos montados arde.
Es el Fuego que mataría
y sólo sabe solazarte.
Salta en aves rojas y azules;
puede irse y quiere quedarse.
En donde estabas, lo tenías.
Está en mi pecho sin quemarte,
y está en el canto que te canto.
¡Ámalo donde lo encontrases!
En la noche, el frío y la muerte,
bueno es el Fuego para adorarse,
¡y bendito para seguirlo,
hijo mío, de ser Arcángel!

LA CASA

La mesa, hijo, está tendida,
en blancura quieta de nata,
y en cuatro muros azulea,
dando relumbres, la cerámica.
Ésta es la sal, éste el aceite
y al centro el Pan que casi habla.
Oro más lindo que oro del Pan
no está ni en fruta ni en retama,
y da su olor de espiga y horno
una dicha que nunca sacia.
Lo partimos, hijito, juntos,
con dedos puros y palma blanda,
y tú lo miras asombrado
de tierra negra que da flor blanca.

Baja la mano de comer,
que tu madre también la baja.
Los trigos, hijo, son del aire,
y son del sol y de la azada;
pero este Pan «cara de Dios» [1]
no llega a mesas de las casas.
Y si otros niños no lo tienen,
mejor, mi hijo, no lo tocaras,
y no tomarlo mejor sería
con mano y mano avergonzadas.

---

[1] En Chile, el pueblo llama al pan «cara de Dios».

Hijo, el Hambre, cara de mueca,
en remolino gira las parvas,
y se buscan y no se encuentran
el pan y el Hambre corcobada.
Para que lo halle, si ahora entra,
el Pan dejemos hasta mañana;
el fuego ardiendo marque la puerta,
que el indio quechua nunca cerraba,
y miremos comer al Hambre,
para dormir con cuerpo y alma.

LA TIERRA

Niño indio, si estás cansado,
tú te acuestas sobre la Tierra,
y lo mismo si estás alegre,
hijo mío, juega con ella...

Se oyen cosas maravillosas
al tambor indio de la Tierra:
se oye el fuego que sube y baja
buscando el cielo, y no sosiega.
Rueda y rueda, se oyen los ríos
en cascadas que no se cuentan.
Se oyen mugir los animales;
se oye el hacha comer la selva.
Se oyen sonar telares indios.
Se oyen trillas, se oyen fiestas.

Donde el indio lo está llamando,
el tambor indio le contesta,
y tañe cerca y tañe lejos,
como el que huye y que regresa...

Todo lo toma, todo lo carga
el lomo santo de la Tierra:
lo que camina, lo que duerme,
lo que retoza y lo que pena;
y lleva vivos y lleva muertos
el tambor indio de la Tierra.

Cuando muera, no llores, hijo:
pecho a pecho ponte con ella
y si sujetas los alientos
como que todo o nada fueras,
tú escucharás subir su brazo
que me tenía y que me entrega
y la madre que estaba rota
tú la verás volver entera.

VI

CASI ESCOLARES

PIECECITOS

A doña Isaura Dinator.

Piececitos de niño,
azulosos de frío,
¡cómo os ven y no os cubren,
Dios mío!

¡Piececitos heridos
por los guijarros todos,
ultrajados de nieves
y lodos!

El hombre ciego ignora
que por donde pasáis,
una flor de luz viva
dejáis;

que allí donde ponéis
la plantita sangrante,
el nardo nace más
fragante.

Sed, puesto que marcháis
por los caminos rectos,
heroicos como sois
perfectos.

Piececitos de niño,
dos joyitas sufrientes,
¡cómo pasan sin veros
las gentes!

MANITAS

Manitas de los niños,
manitas pedigüeñas,
de los valles del mundo
sois dueñas.

Manitas de los niños
que al grano se tienden,
por vosotros las frutas
se encienden.

Y los panales llenos
de su carga se ofenden.
¡Y los hombres que pasan
no entienden!

Manitas blancas, hechas
como de suave harina,
la espiga por tocaros
se inclina.

Manitas extendidas,
piñón, caracolitos,
bendito quien os colme,
¡bendito!

Benditos los que oyendo
que parecéis un grito,
os devuelven el mundo:
¡benditos!

ECHA LA SIMIENTE

El surco está abierto, y su suave hondor
en el sol parece una cuna ardiente.
¡Oh labriego!, tu obra es grata al Señor:
        ¡echa la simiente!

Nunca más el hambre, negro segador,
entre por tus puertas solapadamente,
para que haya pan, para que haya amor,
        ¡echa la simiente!

La vida conduces, duro sembrador.
Canta himnos donde la esperanza aliente;
bruñido de siesta y de resplandor
        ¡echa la simiente!

El sol te bendice, y acariciador
en los vientos Dios te bate la frente.
Hombre que voleas trigo volador:
        ¡prospere tu rubia simiente!

NUBES BLANCAS

Ovejas blancas, dulces ovejas de vellones
que subieron del mar,
asomáis en mujeres los gestos preguntones
antes de remontar.

Se diría que el cielo o el tiempo consultáseis
con ingenuo temor,
o que, para avanzar, un mandato esperáseis
¿Es que tenéis pastor?

—Sí que tenemos un pastor:
el viento errante es él.
Y una vez los vellones nos trata con amor,
y con furia otra vez.

Y ya nos manda al norte o ya nos manda al sur.
Él manda y hay que ir...
Pero por las praderas del infinito azur,
él sabe conducir.

—Ovejas del vellón nevado,
¿tenéis dueño y señor?
Y si me confiara un día su ganado
¿me tomaríais por pastor?

Claro es que la manada bella
su dueño tiene como allá.
Detrás del último aire y la última estrella,
pastor, dicen que está.

Párate en los pastales, no corras por tu daño,
Abel pastoreador.
¡Se mueren tus ovejas, te quedas, sin rebaño,
Pastor loco, Pastor!

MIENTRAS BAJA LA NIEVE

Ha bajado la nieve, divina criatura,
   el valle a conocer.

Ha bajado la nieve, mejor que las estrellas.
   ¡Mirémosla caer!

Viene calla-callando, cae y cae a las puertas
   y llama sin llamar.

Así llega la Virgen, y así llegan los sueños.
   ¡Mirémosla llegar!

Ella deshace el nido grande que está en los cielos
   y ella lo hace volar.

Plumas caen al valle, plumas a la llanada,
   plumas al olivar.

Tal vez rompió, cayendo y cayendo, el mensaje
   de Dios Nuestro Señor.

Tal vez era su manto, tal vez era su imagen,
   tal vez no más su amor.

PROMESAS A LAS ESTRELLAS

Ojitos de las estrellas
abiertos en un oscuro
terciopelo: de lo alto,
        ¿me veis puro?

Ojitos de las estrellas,
prendidos en el sereno
cielo, decid; desde arriba,
        ¿me veis bueno?

Ojitos de las estrellas,
de pestañitas inquietas,
¿por qué sois azules, rojos
        y violetas?

Ojitos de la pupila
curiosa y trasnochadora,
¿por qué os borra con sus rosas
        la aurora?

Ojitos, salpicaduras
de lágrimas o rocío,
cuando tembláis allá arriba,
        ¿es de frío?

Ojitos de las estrellas,
fijo en una y otra os juro
que me habéis de mirar siempre,
        siempre puro.

CARICIA

Madre, madre, tú me besas
pero yo te beso más
y el enjambre de mis besos
no te deja ni mirar...

Si la abeja se entra al lirio,
no se siente su aletear.
Cuando escondes a tu hijito
ni se le oye respirar...

Yo te miro, yo te miro
sin cansarme de mirar,
y qué lindo niño veo
a tus ojos asomar...

El estanque copia todo
lo que tú mirando estás;
pero tú en las *niñas* tienes
a tu hijo y nada más.

Los ojitos que me diste
me los tengo de gastar
en seguirte por los valles,
por el cielo y por el mar...

DULZURA

Madrecita mía,
madrecita tierna,
déjame decirte
dulzuras extremas.

Es tuyo mi cuerpo
que juntaste en ramo;
deja revolverlo
sobre tu regazo.

Juega tú a ser hoja
y yo a ser rocío;
y en tus brazos locos
tenme suspendido.

Madrecita mía,
todito mi mundo,
déjame decirte
los cariños sumos.

OBRERITO

Madre, cuando sea grande
¡ay, qué mozo el que tendrás!
Te levantaré en mis brazos,
como el zonda [1] al herbazal.

O te acostaré en las parvas
o te cargaré hasta el mar
o te subiré las cuestas
o te dejaré al umbral.

Y ¡qué casal ha de hacerte
tu niñito, tu titán,
y qué sombra tan amante
sus aleros van a dar!

Yo te regaré una huerta
y tu falda he de cansar
con las frutas y las frutas
que son mil y que son más.

O mejor te haré tapices
con la juncia de trenzar;
o mejor tendré un molino
que te hable haciendo el pan.

Cuenta, cuenta las ventanas
y las puertas del casal;
cuenta, cuenta maravillas
si las puedes tú contar...

[1] Viento cálido de la región del norte.

PLANTANDO EL ÁRBOL

A la Tierra despertamos
de su sueño de castor
y en los brazos le dejamos
el alerce danzador.

Cantemos mientras el tallo
toca el seno maternal.
Bautismo de luz da un rayo
y es el aire su pañal.

Nombre no pide y no quiere;
se lo dan con el nacer.
Con su nombre vive y muere,
y a otro lo pasa al caer.

Lo entregaremos ahora
a la buena Agua y a vos,
Sol que cría y Sol que dora
y a la Tierra hija de Dios.

El Señor le hará tan bueno
como un buen hombre o mejor:
en la tempestad sereno,
y a la siesta amparador.

Yo lo dejo en pie. Ya es mío
y le juro protección
cuándo el viento, cuándo el frío,
cuándo el hombre matador. [1]

---

[1] Los «cuando» corresponden a viejos giros idiomáticos del español.

PLEGARIA POR EL NIDO

¡Dulce Señor, por un hermano pido
indefenso y hermoso: por el nido!

Florece en su plumilla el trino;
ensaya en su almohadita el vuelo.
¡Y el canto dicen que es divino
y el ala cosa de los cielos!

Dulce tu brisa sea al mecerlo,
mansa tu luna al platearlo,
fuerte tu rama al sostenerlo,
corto el rocío al alcanzarlo.

De su conchita desmañada
tejida con hilacha rubia,
desvía el vidrio de la helada
y las guedejas de la lluvia;

desvía el viento de ala brusca
que lo dispersa a su caricia
y la mirada que lo busca,
toda encendida de codicia...

Tú que me afeas los martirios
dados a tus criaturas finas:
la cabezuela de los lirios
y las pequeñas clavelinas,

guarda su forma con cariño
y caliéntelo tu pasión.
Tirita al viento como un niño
y se parece al corazón.

DOÑA PRIMAVERA

Doña Primavera
viste que es primor,
viste en limonero
y en naranjo en flor.

Lleva por sandalias
unas anchas hojas,
y por caravana
unas fucsias rojas.

Salid a encontrarla
por esos caminos.
¡Va loca de soles
y loca de trinos!

Doña Primavera
de aliento fecundo,
se ríe de todas
las penas del mundo...

No cree al que le hable
de las vidas ruines.
¿Cómo va a toparlas
entre los jazmines?

¿Cómo va a encontrarlas
junto de las fuentes
de espejos dorados
y cantos ardientes?

Da la tierra enferma
en las pardas grietas,
enciende rosales
de rojas piruetas.

Pone sus encajes,
prende sus verduras,
en la piedra triste
de las sepulturas...

Doña Primavera
de manos gloriosas,
haz que por la vida
derramemos rosas:

Rosas de alegría,
rosas de perdón,
rosas de cariño,
y de exultación.

VERANO

Verano, verano rey,
del abrazo incandescente,
sé para los segadores
¡dueño de hornos! más clemente.

Abajados y doblados
sobre sus pobres espigas,
ya desfallecen. ¡Tú manda
un viento de alas amigas!

Verano, la tierra abrasa:
llama tu sol allá arriba;
llama tu granada abierta;
y el segador, llama viva.

Las vides están cansadas
del producir abundoso
y el río corre en huída
de tu castigo ardoroso.

Mayoral rojo, verano,
el de los hornos ardientes,
no te sorbas la frescura
de las frutas y las fuentes...

¡Caporal, echa un pañuelo
de nube y nube tendidas,
sobre la vendimiadora,
de cara y manos ardidas!

EL ÁNGEL GUARDIÁN

Es verdad, no es un cuento;
hay un Ángel Guardián
que te toma y te lleva como el viento
y con los niños va por donde van.

Tiene cabellos suaves
que van en la venteada,
ojos dulces y graves
que te sosiegan con una mirada
y matan miedos dando claridad.
(No es un cuento, es verdad.)

Él tiene cuerpo, manos y pies de alas
y las seis alas vuelan o resbalan.
Las seis te llevan de su aire batido
y lo mismo te llevan de dormido.

Hace más dulce la pulpa madura
que entre tus labios golosos estrujas;
rompe a la nuez su taimada envoltura
y es quien te libra de gnomos y brujas.

Es quien te ayuda a que cortes las rosas,
que están sentadas en trampas de espinas,
el que te pasa las aguas mañosas
y el que te sube las cuestas más pinas.

Y aunque camine contigo apareado,
como la guinda y la guinda bermeja,

cuando su seña te pone el pecado
recoge tu alma y el cuerpo te deja.

Es verdad, no es un cuento;
hay un Ángel Guardián
que te toma y te lleva como el viento
y con los niños va por donde van.

A NOEL

¡Noel, el de la noche del prodigio,
Noel de barbas caudalosas,
Noel de las sorpresas delicadas
y las pisadas sigilosas!

Esta noche te dejo mi calzado
colgado en los balcones;
antes que hayas pasado por mi casa
no agotes los bolsones.

Noel, Noel, vas a encontrar mojadas
mis medias de rocío,
espiando con ojos picarones
tus barbazas de río...

Sacude el llanto y deja cada una
tiese, dura y llenita,
con el anillo de la Cenicienta
y el lobo de Caperucita...

Y no olvides a Marta. También deja
su zapatito abierto.
Es mi vecina, y yo la cuido, desde
que su mamita ha muerto.

¡Noel, viejo Noel, de las manazas
rebosadas de dones,
de los ojitos pícaros y azules
y la barba en vellones!...

HIMNO DE LAS ESCUELAS
«GABRIELA MISTRAL»

¡Oh, Creador, bajo tu luz cantamos,
porque otra vez nos vuelves la esperanza!
¡Como los surcos de la tierra alzamos
la exhalación de nuestras alabanzas!

Gracias a Ti por el glorioso día
en el que van a erguirse las acciones;
por la alborada llena de alegría
que baja al valle y a los corazones.

Se alcen las manos, las que Tú tejiste,
frescas y vivas sobre las faenas.
Se alcen los brazos que con luz heriste
en un temblor dorado de colmenas.

Somos planteles de hijas, todavía;
haznos el alma recta y poderosa
para ser dignas en la hora y día
en que seremos el plantel de esposas.

Venos crear a tu honda semejanza,
con voluntad insigne de hermosura;
trenzar, trenzar, alegres de confianza
el lino blanco con la lana pura.

Mira cortar el pan de las espigas;
poner los frutos en la clara mesa;
tejer la juncia que nos es amiga;
¡crear, crear, mirando a tu belleza!

¡Oh, Creador de manos soberanas,
sube el futuro en la canción ansiosa,
que ahora somos el plantel de hermanas,
pero seremos el plantel de esposas!

VII

CUENTOS

LA MADRE GRANADA

(Plato de cerámica de Chapelle-aux-Pots.)

Contaré una historia en mayólica
rojo-púrpura y rojo-encarnada,
en mayólica mía, la historia
de Madre Granada.

Madre Granada estaba vieja,
requemada como un panecillo;
mas la consolaba su real corona,
larga codicia del membrillo.

Su profunda casa tenía partida
por delgadas lacas
en naves donde andan los hijos
vestidos de rojo-escarlata.

Con pasión de rojeces, les puso
la misma casulla encarnada.
Ni nombre les dio ni los cuenta nunca,
para no cansarse, la Madre Granada.

Dejó abierta la puerta,
la Congestionada,

soltó el puño ceñido,
de sostener las mansiones, cansada.

Y se fueron los hijos
de la Empurpurada.
Quedóse durmiendo y vacía
la Madre Granada...

Iban como las hormigas,
estirándose en ovillos,
iguales, iguales, iguales,
río escarlata de monaguillos.

A la Catedral solemne llegaron,
y abriendo la gran puerta herrada,
entraron como langostinos
los hijos de Madre Granada.

En la Catedral eran tantas naves
como cámaras en las granadas,
y los monaguillos iban y venían
en olas y olas encontradas...

Un cardenal rojo decía el oficio
con la espalda vuelta de los armadillos.
A una voz se inclinaba o se alzaba
el millón de monaguillos.

Los miraban los rojos vitrales,
desde lo alto, con viva mirada,
como treinta faisanes de roja
pechuga asombrada.

Las campanas se echaron a vuelo;
despertaron todo el vallecillo.
Sonaban en rojo y granate,
como cuando se quema el castillo.

Al escándalo de los bronces,
fueron saliendo en desbandada
y en avenida bajaron la puerta
que parecía ensangrentada.

La ciudad se levanta tarde
y la pobre no sabe nada.
Van los hijos dejando las calles;
entran al campo a risotadas...

Llegan a su tronco, suben en silencio,
entran al estuche de Madre Granada,
y tan callados se quedan en ella
como la piedra de la Kaaba.

Madre Granada despertóse llena
de su millón rojo y sencillo;
se balanceó por estar segura;
pulsó su pesado bolsillo.

Y como iba contando y contando,
de incredulidad, la Madre Granada,
estallaron en risa los hijos
y ella se partió de la carcajada...

La granada partida en el huerto,
era toda una fiesta incendiada.
La cortamos guardando sus fueros
a la Coronada...

La sentamos en un plato blanco,
que asustó su rojez insensata.
Me ha contado su historia, que pongo
en rojo-escarlata...

EL PINO DE PIÑAS

El alto pino que no acaba
y que resuena como un río,
desde el cogollo a lo sombrío,
sus puñitos balanceaba.

Unos puñitos olorosos,
apretados de su secreto,
y al negro pino recoleto
tanta piña le daba gozo.

Bajo el pino que la cubría,
Madrecita Burla habitaba
y la vieja feliz criaba
enanito que no se veía.

Del tamaño de la lenteja,
y que nunca más le crecía
y en su bolsillo se dormía
ronroneando como abeja.

Cuando a la aldea iba la vieja,
de cascabel se lo ponía,
y lo guardaba, si llovía,
dentro del pliegue de su oreja...

O como rama con madroño,
con su vaivén de trotecito,
le cosquilleaba el colgadito,
o se soltaba de su moño...

El enano miraba pinos
que se iban y se venían,
por saberse lo que cogían
en sus cien puñitos endrinos.

Y una vez que la Madrecita
lo dejó por adormilado,
se subió al empingorotado
y se encontró cosa bendita.

Topando la piña primera,
entró sin doblar la cabeza,
y gritó, loco de sorpresa,
al encontrar iglesia entera.

Oyó una música lejana;
vio arder la cera muy contrita,
y con su mano de arañita,
tomó temblando agua cristiana.

Y a la pila de nuez de plata,
vino un obispo que era de oro,
y bautizó al enano moro
mojando su nuca de rata.

Se abrió una puerta pequeñita,
entró una niña más pequeña,
y se allegó como una seña
a saltos de catarinita [1].

Vio que a su pecho no llegaba
y de confusa estaba roja,
y se dobló como una hoja,
porque era que le saludaba.

[1] Nombre que se da en México a la «Mariquita» chilena.

En el altar, de gran tesoro,
el obispo tieso y atónito
bendijo los novios de acónito
y soltó música del coro...

La catedral dio un gran crujido
y se partió en castaña añeja,
y lanzó el pino su pareja
sin daño, como cae el nido.

La Madre Burla dormitaba,
tendida al sol como una almeja,
y al despertar tocó en su ceja
una cosa que era doblada...

Y trepaditos a su oído
los dos le dieron testimonio
de bautizo y de matrimonio,
y ella lloró del sucedido.

Y como los años que vinieron
les nació un niño y una niña;
cada uno subió a una piña
en donde bautizados fueron.

Y cuenta boca contadora
que aumentó la enana raza
igual que cunde la mostaza
y que prende la zarzamora...

CAPERUCITA ROJA

Caperucita Roja visitará a la abuela
que en el poblado próximo sufre de extraño mal.
Caperucita Roja, la de los rizos rubios,
tiene el corazoncito tierno como un panal.

A las primeras luces ya se ha puesto en camino
y va cruzando el bosque con un pasito audaz.
Sale al paso Maese Lobo, de ojos diabólicos.
—«Caperucita Roja, cuéntame a dónde vas.»

Caperucita es cándida como los lirios blancos.
—«Abuelita ha enfermado. Le llevo aquí un pastel
y un pucherito suave, que se derrama en jugo.
¿Sabes del pueblo próximo? Vive en la entrada de él.»

Y ahora, por el bosque discurriendo encantada,
recoge bayas rojas, corta ramas en flor,
y se enamora de unas mariposas pintadas
que la hacen olvidarse del viaje del Traidor...

El Lobo fabuloso de blanqueados dientes,
ha pasado ya el bosque, el molino, el alcor,
y golpea en la plácida puerta de la abuelita,
que le abre. (A la niña ha anunciado el Traidor.)

Ha tres días la bestia no sabe de bocado.
¡Pobre abuelita inválida, quién la va a defender!
... Se la comió riendo toda y pausadamente
y se puso en seguida sus ropas de mujer.

Tocan dedos menudos a la entornada puerta.
De la arrugada cama dice el Lobo: —«¿Quién va?»
La voz es ronca. —«Pero la abuelita está enferma»,
la niña ingenua explica. —«De parte de mamá.»

Caperucita ha entrado, olorosa de bayas.
Le tiemblan en la mano gajos de salvia en flor.
—«Deja los pastelitos; ven a entibiarme el lecho.»
Caperucita cede al reclamo de amor.

De entre la cofia salen las orejas monstruosas.
—«¿Por qué tan largas?», dice la niña con candor.
Y el velludo emgañoso, abrazando a la niña:
—«¿Para qué son tan largas? Para oírte mejor.»

El cuerpecito tierno le dilata los ojos.
El terror en la niña los dilata también.
—»Abuelita, decidme: ¿Por qué esos grandes ojos?»
—«Corazoncito mío, para mirarte bien...»

Y el viejo Lobo ríe, y entre la boca negra
tienen los dientes blancos un terrible fulgor.
—«Abuelita, decidme: ¿Por qué esos grandes dientes?»
—«Corazoncito, para devorarte mejor...»

Ha arrollado la bestia, bajo sus pelos ásperos,
el cuerpecito trémulo, suave como un vellón;
y ha molido las carnes, y ha molido los huesos,
y ha exprimido como una cereza el corazón...

COLOFÓN CON CARA DE EXCUSA

Conté una vez en Lima el sentido que tendría el género de la Canción de Cuna *en cuanto a cosa que la madre se regala a sí misma y no al niño que nada puede entender,* a menos de «guagüetear» [1] a grandullones de tres años...

Ahora tengo que divagar, a pedido de mi Editor, sobre el nacimiento de estas Canciones de Cuna, porque cualquier vagido primero, hasta de bestezuela o de industria verbal, importa a las gentes...

La mujer es quien más canta en este mundo, pero ella aparece tan poco creadora en la Historia de la Música que casi la recorre de labios sellados. Me intrigó siempre nuestra esterilidad para producir ritmos y disciplinarlos en la canción, siendo que los criollos vivimos punzados de ritmos y los coge y compone hasta el niño. ¿Por qué las mujeres nos hemos atrevido con la poesía y no con la música? ¿Por qué hemos optado por la palabra, expresión más grave de consecuencias y cargada de lo conceptual, que no es reino nuestro?

Hurgando en esta aridez para la creación musical, caí sobre la isla de las Canciones de Cuna. Seguramente los «arrullos» primarios, los folklóricos, que son los únicos

---

[1]   Guagüetear, de «guagua», niño: chilenismo.

óptimos, salieron de pobrecitas mujeres ayunas de todo arte y ciencia melódicos. Las primeras Evas comenzaron por mecer a secas, con las rodillas o la cuna; luego se dieron cuenta de que el vaivén adormece más subrayado por el rumor; este rumor no iría más lejos que el runrún de los labios cerrados.

Pero de pronto le vino a la madre un antojo de palabras enderezadas al niño y a sí misma. Porque las mujeres no podemos quedar mucho tiempo pasivas, aunque se hable de nuestro sedentarismo, y menos callarnos por años. La madre buscó y encontró, pues, una manera de hablar consigo misma, meciendo al hijo, y además comadreando con él, y por añadidura con la noche «que es cosa viva».

La Canción de Cuna sería un coloquio diurno y nocturno de la madre con su alma, con su hijo, y con la Gea [1] visible de día y audible de noche.

Los que han velado enfermos, o pernoctado en el campo, y las que conocen la espera de marido o hermano, todos los que viven la vela, saben bien que la noche es persona plural y activa. «La noche es legión», como dice del Demonio el Evangelio. Tal vez nos engañamos creyendo que la luz multiplica las cosas y que la noche las unifica. La verdad sería el que la tiniebla, fruto enorme y vago, se parte en gajos de rumores. Al agrandarlo todo, ella estira el ruido breve y engruesa el bulto pequeño, por lo cual vienen a ser muy ricas las tinieblas. La madre desvelada pasa, pues, a convivir este mundo subterráneo que la asusta con su falsa inmensidad y la fertiliza con su misterio numeroso.

La mujer no sólo oye respirar al chiquito; siente también a la tierra matriarca que hierve de prole. Entonces se pone a dormir a su niño de carne, a los de la matriarca y a sí misma, pues el «arrorró» tumba al fin a la propia cantadora...

---

[1]   La Tierra.

Esta madre, con su boca múltiple de diosa hindú, recuenta en la Canción sus afanes del día; teje y desteje sueños para cuando el si-es-no-es vaya creciendo; ella dice bromas respecto del gandul; ella lo encarga en serio a Dios y en juego a los duendes; ella lo asusta con amenazas fraudulentas y lo sosiega antes de que se las crea. La letra de la Canción va desde la zumbonería hasta el patético, hace un zigzag de jugarreta y de angustia, de bromas y ansiedades. (Confieso que los «arrorrós» que más me gustan son los disparatados, porque aquí, mejor que en parte alguna, la lógica ha de aventarse, y con cajas destempladas.)

*

Poco o nada ha mudado el repertorio de las Canciones de Cuna en la América. Es bien probable que nunca las haya hecho el pueblo criollo sino que siga cantando hace cuatro siglos las prestadas de España, rumiando pedazos de arrullos andaluces y castellanos, que son maravilla de gracia verbal. Nosotras tal vez hemos armado algunas frases sobre los alambres ancestrales o hemos zurcido con algunos motes criollos las telas originales.

Nuestras abuelas amamantaban, nuestra madre también, a Dios gracias; después sobrevino una caída de la maternidad corporal, tanto en la disminución de los hijos como en la rehúsa de muchas mujeres a criar, a ser la «higuera de leche» de los cuentos.

¿Quién va a hacer, pues, estas canciones? El aya, mujer de paga, repetirá las que sabe; el hijo de otra no la embriaga tanto como para que ella las invente por rebose de amor y menos aún por sobra de dicha. Y la Canción de Cuna es nada más que la segunda leche de la madre criadora. A la leche se asemeja ella en la hebra larga, en el sabor dulzón y en la tibieza de entraña. Por lo tanto, la mujer que no da el pecho y no siente el peso del niño en la falda, la que no hace dormir ni de día ni de noche, ¿cómo va a tararear una «berceuse»?, ¿cómo podría decir al niño cariños arrebatados revueltos con travesuras locas? La cantadora mejor será siempre la madre-fuente, la mujer que se deja beber casi dos años, tiempo bastante para que un acto se dore de hábito, se funda y suelte jugos de poesía.

Una colega española se burlaba alguna vez del empeño criollo en forzar la poesía popular, provocando un nacimiento por voluntad, o sea un aborto. La oía yo con interés: un español tiene siempre derecho para hablar de los negocios del idioma que nos cedió y cuyo cabo sigue reteniendo en la mano derecha, es decir, en la más experimentada. Pero ¿qué quieren ellos que hagamos? Mucho de lo español ya no sirve en este mundo de gentes, hábitos, pájaros y plantas contrastados con lo peninsular. Todavía somos su clientela en la lengua, pero ya muchos quieren tomar posesión del sobrehaz de la Tierra Nueva. La empresa de inventar será grotesca; la de repetir de «pe a pa» lo que vino en las carabelas lo es también. Algún día yo he de responder a mi colega sobre el *conflicto tremendo entre el ser fiel y el ser infiel en el coloniaje verbal*.

*

Estas canciones están harto lejos de las folklóricas que colman mi gusto, y yo me lo sé como el vicio de mis cabellos y el desmaño de mis ropas.

Aquellos que siguen el trance y los percances de las lenguas coloniales, como siguen los Carreles el de los tejidos parchados del cuerpo, solamente ellos pueden explicar cabalmente el fracaso de nuestra literatura infantil. Ellos están seguros como yo de que el folklore es, por excelencia, la literatura de niños y de que los pueblos ayunos de él conquistarán el género muy tarde.

El poeta honrado sabe dónde falló y lo confiesa. Yo, además de saberlo, declaro que fuera de dos o tres afortunadas que están aquí, las demás son un «moulage» tieso, junto a la carne elástica de las populares.

Nacieron, las pobres, para convidar, mostrando sus pies inválidos, a que algún músico las echase a andar, y las hice mitad por regusto de los «arrullos» de mi infancia y mitad por servir la emoción de otras mujeres —el poeta es un desata-nudos y el amor sin palabras nulo es, y ahoga.

En lo de hallar pies corredores, estas Canciones de Cuna no anduvieron malaventuradas y hasta han tenido suerte loca. Mexicanos, chilenos y argentinos que pasan la docena, les prestaron su ayuda decisiva. Fueron ellas honradas de más, fueron hasta transfiguradas. En «nanas», en tonadas, en vidalitas, la música es cuerpo glorioso y la carne nada le añade; ellas no viven de la letra, su sangre como su alimento no arrancan de ésta. Tiene un mayorazgo tal la música sobre la escritura que bien puede tratarla «con el pie». (Acaso por no haber sido des-preciados los textos será que la música criolla corre cabalgando sobre unas letras tan bobas o cursis.)

*

Me conozco, según decía, los defectos y los yerros de cada una de mis *meceduras orales,* y, sin embargo, las di y las doy ahora todas, aunque sepa que las complejas y manidas debieron quedarse por abortadas. Una vez más yo cargo aquí, a sabiendas, con las taras del mestizaje verbal... Pertenezco al grupo de los malaventurados que nacieron sin edad patriarcal y sin Edad Media; soy de los que llevan entrañas, rostro y expresión *conturbados e irregulares,* a causa del injerto; me cuento entre los hijos de esa cosa torcida que se llama una experiencia racial, mejor dicho, una *violencia racial.*

Sigo escribiendo «arrullos» con largas pausas; tal vez me moriré haciéndome dormir, vuelta madre de mí misma, como las viejas que desvarían con los ojos fijos en sus rodillas vanas, o como el niño del poeta japonés que quería dormir su propia canción antes de dormirse él...

Pudieran no servir a nadie y las haría lo mismo. Tal vez a causa de que mi vida fue dura, bendije siempre el sueño y lo doy por la más ancha gracia divina. En el sueño he tenido mi casa más holgada y ligera, mi patria verdadera, mi planeta dulcísimo. No hay praderas tan espaciosas, tan deslizables y tan delicadas para mí como las suyas.

Algunos trechos de estas Canciones —a veces uno o dos versos logrados— me dan la salida familiar hacia mi país furtivo, me abren la hendija o trampa de la escapada. El punto de la música por donde el niño se escabulle y deja a la madre burlada y cantando inútilmente, ese último peldaño me lo conozco muy bien: en tal o cual palabra, el niño y yo damos vuelta la espalda y nos escapamos dejando caer el mundo, como la capa estorbosa en el correr...

Quiero decir con esta divagación que no perdí el «arrullo» de los dos años: me duermo todavía sobre un vago soporte materno y con frecuencia paso de una frase rezagada de mi madre o mía, al gram regazo oscuro de la Madre Divina que desde la otra orilla me recoge como a un alga rota que fue batida el día entero y vuelve a ella.

*

Sobre las Rondas debería decir alguna cosa, y muchas más sobre las poesías infantiles escritas hace veinticinco años, a fin de ser perdonada de maestros y niños; pero voy cansando a quien lee en páginas *finales*...

Diré solamente que por aquellos años estaba en pañales el género infantil en toda la América nuestra: tanteos y más tanteos. El menester es tan arduo que seguimos tanteando todavía, porque, según acabo de decirlo, nacimos monstruosamente, como no nacen las razas: sin infancia, en plena pubertad y dando, desde el indio al europeo, el salto que descalabra y rompe los huesos.

En la poesía popular española, en la provenzal, en la italiana del medioevo, creo haber encontrado el material más genuinamente infantil de Rondas que yo conozca. El propio folklore adulto de esas mismas regiones está lleno de piezas válidas para los niños. Hurgando en eso cuanto me era dable hurgar, supe yo, artesana ardiente pero fallida, que me faltaban en sentidos, y entraña, siete siglos de Edad Media criolla, de tránsito moroso y madurador, para ser capaz de dar una docena de «arrullos» y de «Rondas» castizos —léase criollos.

El versolari o payador de los chiquitos, el chantre de su catedral enana y el ayo de sus gargantas *no se hace, llega lentamente con ruta astronómica que nadie puede poner al galope*. Seguimos teniendo en agraz muchas capacidades, aunque logremos por otro lado del espíritu algunas sazones repentinas, lo mismo que los frutos que muestran una cara empedernida y otra madura.

El Niño-Mesías que llegue trayendo la gracia del género infantil no quiere nacernos aún... Profetas y creyentes seguimos llamándolo, como las mujeres judías al Otro. Cada uno de los que ensayamos cree que nacerá precisamente de él; pero el Espíritu Santo no baja, y tal vez no haya nacido ni siquiera *Santa Ana,* la abuela del bienaventurado...

*

Cuando leo mis poesías más o menos escolares, y más aún cuando las oigo en boca de niño, siento una vergüenza no literaria, sino una quemazón real en la cara. Y me pongo, como los pecadores atribulados, a enmendar algo, siquiera algo: dureza del verso, presunción conceptual, pedagogía catequista, empalagosa parlería. Esta ingenuidad un poco grotesca de corregir unos versos que andan en boca de tantos, me durará hasta el fin.

Y es que respeto por encima de todas las criaturas, más allá de mi Homero o mi Shakespeare, mi Calderón o mi Rubén Darío, la memoria de los niños, de la cual mucho abusamos.

Que los maestros perdonen la barbaridad de mi hacer y rehacer. Al cabo, soy dueña de mis culpas más que de mis buenas acciones: éstas son discutibles y aquéllas indudables. El habla es la segunda posesión nuestra, después del alma, y tal vez no tengamos ninguna otra posesión en este mundo. Rehaga, pues, a su antojo, el que ensaya y sabe que ensaya.

Continúo viviendo a la caza de la lengua infantil, la persigo desde mi destierro del idioma, que dura ya veinte años. Lejos del solar español, a mil leguas de él, continúo escudriñando en el misterio cristalino y profundo de la expresión infantil, el cual se parece por la hondura al bloque de cuarzo magistral de Brasil, porque engaña vista y mano con su falsa superficialidad.

Mientras más oigo a los niños, más protesto en contra mía, con una consciencia apurada y hasta un poco febril... El amor balbuciente, el que tartamudea, suele ser el amor que más ama. A él se parece el pobre amor que yo he dado a los chiquitos.

GABRIELA MISTRAL.

Petrópolis (Brasil), 1945.